福永法弘

Fukunaga Norihiro

句集

永

Ei

角川書店

句集　永／もくじ

装幀　大武尚貴

句集　永

平成二十六年・二十七年

淑気立つ山葡萄樹の床柱

雪しづる目覚めたくなき夢途中

札幌から京都へ転職、転居　五句

風花や西へ華甲の志

現し世のほかに世はなし鳥雲に

けふよりの京《みやこ》の暮らし冴え返る

梅日和梅宮町といふところ

白川の春あけぼのの鳥の声

㈱京都ホテルの社長に就任

地虫出づ部下の一人は裏柳生

彼岸西風我が名と同じ法弘寺

勧修寺

雷裂の桃の古木にひこばえす

平安神宮祈年祭

直会に柚子の莟を食しけり

学生時代に暮らした熊野寮を遠目に見て

青蔦や若かりし日を手繰り得ず

佐渡島　二句

いごねりに竹匙を添へ夏料理

田水張り佐渡国仲は鏡晴れ

下鴨納涼古本まつり

つくつくし愛と死が満つ古書の中
雨なれど大雨なれど大文字

神戸空港にエアドゥ機を待ちて

爽やかや空港にただゐるだけで

むつみあふ星のいぶせき星今宵

台湾　二句

糞ころがし日暮れを急ぐ金瓜石

日に靡き風に耀ふ野の芒

出町ふたば
お萩一つ買ふに行列秋うらら

好きずきに揺れて絡まぬ木賊かな

けむり茸風に紛れて失せにけり

虎落笛名僧は死を畏れずや

暮るる雪今年も落ちる吉良の首

年の市天神さんで折り返す

平成二十八年

銭拾ふ夢をいく度も雪庇垂る

泉涌寺

飛ぶ鳥のけふは地にあり涅槃変

祇園一力亭にて節分と大石忌

一力を出て行くお化け入るお化け

搔き込みし蕎麦の辛さも大石忌

旅先の寺に名乗らず彼岸喜捨

花散るやわが曾遊の吉田山

細見美術館

のどけしや行列なして春画展

ポルトガル　四句

聖家系樹へステンドグラス越し夏日

オリーブ咲くガリア戦記に名ある街

コルクの木剝かれて涼しぽるとがる

明け易し七つの丘の街リスボン

山も鉾も京都ホテルの角曲がる

火蛾さそふ逢坂山の常夜灯

虚子作の能『鐵門』百年ぶりの上演

寒き夏推せど敲けど開かぬ門

終戦日切手の裏へ絵柄透け

白川に床をしつらへ地蔵盆

放生会すこし離れて鷺と鴨

「餅寅」裏に明智光秀の首塚あり

桔梗一輪謀反の動機あれやこれ

竹久夢二寓居跡　二句

駆落ちの秋簾下げて二寧坂

胸を病む彦乃のけはひ後の月

白式部この世に咲いてこの世限《ぎ》り

高岡瑞龍寺にて天為同人総会　二句

しなざかる越のつゆ草露ふふむ

天韻を蔵せる石や神の留守

白足袋の尼衆の仕切る仏前婚

顔見世の竹馬飾りに我が名あり

えび天やなべ焼うどんの宝もの

みふき亭

京都東山あゆや

熱燗や語れば聞いてくれさうな

母を見舞ひて数へ日の一つ減る

古暦凶《まが》ごとはみな母が背負ひ

母の側で亡父を偲び語りに

早引けの父が枯野を掘り返す

平成二十九年

大綿も大国主も大きな荷

羊歯しぐれ豊国廟まで五百段

鞍馬口より寺町通りを下る

寺あれば入りて梅見て小半刻

大聖寺

雛と見紛ふ尼寺のご門跡

空樽を載せて十石舟のどか

帷子ノ辻で乗り換へ花衣

葵祭　二句

浮織の絹の手ざはり夏来たる

笑みこぼす屈託のなき斎王代

与謝の海の舟屋の軋み明け易し

動かざる亀と向きあふ端居かな

繁昌神社

神輿揉むからすま京都ホテルの前

桂離宮

白靴の母と白編靴の子と

仙洞御所

雌滝雄滝背中あはせに水落とす

天得院

苔庭のたちまち水漬く虎が雨

法金剛院

触れもせで思慕を永きに蓮の花

イタリア　三句

払ひても払ひても蠅のごときもの

炎昼を来てポンペイの茄卵

ナポリ見てビールを飲んでメメント・モリ

東華菜館

星逢ふ夜手動蛇腹扉昇降機

常照寺

円窓をななめに番ひ蜻蛉かな

ヒロシマ忌サイド・オマール十九の死
圓光寺

残暑なほ贔屓必死の面構へ
因幡薬師

得浄明院にて式包丁と戒壇巡り

鮑切つて富士を象る式包丁

残る虫得浄明院しんの闇

咳響く柱の多き空也堂

日向大神宮の伊勢神宮遥拝所へ向かう山道

峠路や朽葉に絡む針氷

綾部黒谷和紙工芸の里

日の射して霜のかがやく漉屋窓

銀座と神田

年の瀬や出世地蔵を梯子して

平成三十年

新京極

足早に七寺一宮初詣

武者小路千家

初釜や尾池先生ご安座で

北野天満宮

手焙と長五郎餅運ばれ来

宝鏡寺　二句

夭くして逝きし皇女の雛飾る

貝桶を開けば光溢れ出づ

カンボジア　二句

国も民も痩せて乾季の砂埃

停電の復旧を待ち夕涼み

ベトナム　二句

昼寝せりダラットワインに酔ひもして

稲そよぐ仏・米・中に克ちし国

遠雷や流れを急ぐ音羽川

石峰寺

蚊避けにと無理強ひ持たす渋団扇

止まぬ雨窓辺に眺め鱧料理

スリランカ　三句

象に跨り我が汗は覇者の汗

象の背で象の鼻からシャワー浴ぶ

異教徒ら共に働き共に汗

修学院離宮

比叡の水引いて離宮の早稲の花

宗像大社にて天為同人総会　二句

三女神語らふ秋を装ひて

辺津中津沖津津を連ね天の川

涼新た歩みの緩む酢屋の前

初秋の蛇口ひねれば銅駝水

上賀茂神社笠懸神事

爽気満つ馬上に射手の立ち透かし

（注）立ち透かしは上体を微動だにさせぬ騎乗法

ふるさとを舞妓と語る宵の秋

柿主や父が支ふる子の脚立

濁り酒振つて濁して注ぎあへり

紅葉見やきのふ叡電けふ嵐電

老境をキケロに学ぶ夜長かな

晩秋の雨に背広の肩重し

誠心院

初しぐれ恋の式部の五輪塔

建仁寺

九条葱提げてみ寺を通り抜け

寅薬師

結願の朱旗吹く比叡颪かな

名ばかりの商店街に餅を搗く

一人の咳一人の部屋に響きけり

平成三十一年・令和元年

裏千家

初釜のまことに固き青畳

佐伯直寛氏より逝去通知

Sの名でSは死にしと寒見舞

奄美群島　四句

五芒星めくメヒルギの帰り花

加計呂麻の多島を縫ひて春の航

ガジュマルに吊りしぶらんこケンムン来
（注）ケンムンは奄美群島の精霊

春宵の「れんと」優しき酔ひ心地

平安神宮祈年祭

春分や招霊の花匂ひ立ち

山ざくら咲き出でてこそ衆の知る

壺焼や老いらくにして色好み

根津神社

手をつなぎ老々母娘躑躅見に

桂春院

滝に擬す紀州青石梅雨の底

若冲の鶏を身頃にアロハシャツ

冷さうめん父の没年けふ越えて

ロシア　五句

波艦隊投錨白夜のネヴァ河に

（注）波艦隊はバルチック艦隊

菩提樹の下に冷夏の雨を避く

糸杉の森へ泉の溢れけり

圧制はロシアの習慣《ならひ》夏炉焚く

寒き夏シベリア松の実売る廃兵

華厳寺

鈴虫や禅語すとんと腑に落ちて

天得院

我れ死なば桔梗の庭に魂遊び

深泥池

墨とんぼ水無き池の水位標

山口にて天為同人総会　三句

木の実降る萩往還の十三里

鰭酒の継酒に所望「山頭火」

実のなる木ばかり士族の庭小春

妙満寺
知らず来て貞徳忌とはありがたし

蛸薬師
撫で蛸の臍の剞り傷年詰まる

令和二年

父の三十三回忌　三句

出迎への狐火灯る無人駅

手毬唄「十は南《な》桑《ぐわ》の東専寺」

山河凍つ家々在れど人居らず

コロナ禍にホテルの受難

誰も来ぬホテルのロビー雛飾る

あたたかや化石の竜に羽毛痕

信長を今も憎んで伊賀の野火

春広がるあまのはしだて廻旋橋

コロナ禍にホテルの受難は続く

客の無きホテルのロビー武具飾る

水占へ水滲みゆく青葉騒

濃き虹の輪や伝世の懸仏

水を打つ夕顔町に墳ひとつ

鞍馬より貴船へ山越え　三句

結葉や背比べ石のかく低き

義経の美醜は議せず栗の花

蜘蛛が巣を張る天狗らの飛ぶ高さ

洗ひ鯉比良山上に星一つ

鮎を汲む近江女の太き足

湖を打つ土用の雨やひつまむし

香水の残り香強し鉄輪井戸

妻の詞自ずから句となりて

花韮は嫌ひ根深い草だから

六十五歳の誕生日に

秋寂し介護保険証みどり色

大ファンだった藤圭子さんの命日に

秋思添ふ藤圭子の目大きな目

風鐸のすがたしづかに月今宵

姉川のほとり真っ赤な曼珠沙華

綾部市に山崎善也市長を訪ねて　二句

世に古りし阿吽一対露けしや

鐘撞いて水村山郭秋の色

みほとけは渡来の途中鷹柱

日の名残り確かめ歩む冬の蠅

松ヶ崎大黒天

腿高く上げてダッシュや落葉坂

有馬朗人先生急逝

木の葉髪遺言めくもの何もなし

有馬先生の訃報記事の間違いを新聞社に訂正依頼

凍て厳しお詫びと訂正かく小さき

コロナ禍、売却を決めた粟田山荘の庭を眺めて

底冷えの庭に佐治石鞍馬石

山姥はぎよろ目雪女は引き目

令和三年

コロナ禍二年目に入る

まるで禁酒法時代正月隠れ酒

須賀神社

どつち買ふ懸想文売り二人ゐる

煮凝りや国の始めの淡路島

神将のお気取りポーズ冬温し

国力の細る日本春蚊過ぐ

京都市動物園を疏水越しに見て

のびのびとキリンの首は花の上

コロナ禍まだまだ続く

鴨河畔お酒あらずの川床《ゆか》開き
生霊となるやも卯の花腐しの夜

あぢさゐに妬心色濃き今朝の我

大和郡山城跡

喜雨一過ほのぼの匂ふ桜樹の葉

七田谷まりうす氏逝去

野分めく風が夜通しまりうす死
見て欲しき人に見られて踊るなり

「恋飛脚大和往来」縁の地を訪ねて

踏切鳴る新ノ口村の秋の昼

ジオラマの湖もみづいろ鳥渡る

女身仏につのる淋しさ石榴熟る

二上山

うつそみもいろせの山も装へり

蘭咲けり黄山谷の蘭咲けり

秋服を推古の風に翻へす

当麻寺

まんだらの透けゆくもみぢ浄土かな

行く秋の風がひいふう石舞台

酬恩庵　二句

とんち寺松も蘇鉄も色変へず

喫茶去や屛風の虎の困り顔

小浜に八百比丘尼伝説を訪ねて

鯨食ふ人魚の味に似たるかと

飛鳥寺

首塚がぽつんと一つ枯田中

天平の風をとらへて蒼鷹

冬深む生けるがごとき叡尊像

薬喰母より先に死なぬやう

「有馬朗人先生を偲ぶ会」を一周忌に開催

もう褒めてくれる師はなししぐれ寒

令和四年

京都東山あゆや

一嬪に六翁つどふ宝船

しじみ汁貝塚の世も核の世も

行者橋、阿闍梨橋、たぬき橋、一本橋、古川町橋

風光る一つの橋に名が五つ

戻り寒紙漉き唄は男恋ひ

花ミモザ俳句この頃をんな歌

色気とは鶯餅のやうなもの

付喪神めくものばかり雛道具

花鎮め小皿にあぶり餅五本

醒井宿

梅花藻の中に針魚の棘光る

浦ごとに教会ごとに燕来る

芍薬の匂ひ立つなり和州宇陀

忘れじの祈りを深く水芭蕉

わくらばや言葉みじかき水みくじ

夏暁の天使突抜白とうふ

長谷寺　二句

汗の手に巻く結縁の五色線

暑を忘る仏の足に額づけば

コロナ禍なれど三年ぶりに山鉾巡行　三句

祇園会や滅びし国の懸装品

祇園会に落としものあり赤き櫛

鬮改めコロナ罹患の市長居ず

六波羅蜜寺

喜雨きらら聖の口に六化仏

汗し食ぶカレーを夏の季語とせむ

爛柯ほど待たされ土用うなぎ丼

歯の金冠売りたる銭であなご飯

伊吹山に芭蕉句碑あり　二句

芭蕉来しは元禄二年それも秋

お花畑弟切草もその中に

大粒の肘笠雨や地蔵盆

富田林の塔高し天高し

石上露子露けき露の世に

薬猟の山にかなかなかなくと

月斗の句掲げ菟田野の月祭り

二条城にて三年ぶり対面での天為同人総会

悪声の鷺鳴き交す城や秋

桃食はば種吐く神代もいにしへも

夜業の灯寄せて仏画の修復師

銘「壱」の盃に注ぐ新走り

長谷寺　二句

迷ひ込む日暮れの山の獣罠

今生はしぐれて終はる観世音

有馬先生の三回忌を修す

旅の神々その中に先生も

石上神宮

真剣に神鶏遊ぶ神の留守

落葉にて見えざる溝に脱輪す

金継ぎの出来に見惚るる厚司かな

中指で金泥を溶く霜の夜

竹原に頼山陽の育った家を訪ねて　二句

石蕗黄なり広からぬ家に井戸三つ

小春凪頼《らい》家《け》三代読書の譜

大久野島　二句

毒ガスの遺構ねぐらに兎どち

おびえつつ餌をねだり寄る兎かな

萬福寺　二句

冬温し羅怙羅尊者の腹の内

魚梆打ち寒暮の鳥を驚かす

南座のまねき北向き北颪

令和五年

屠蘇を汲む金の草鞋で得し妻と

京都市自衛消防隊連絡協議会議長として先頭を行進

引き締まるふぐり嬉しき出初式

博多　二句

寒風も蒙古も防ぎ博多塀

底冷えの底に蒙古の碇石

汚れたる雪ゆゑ長く残るなり

まさか我が名と同じ季語があろうとは

のろのろと老いてのりひろ海苔拾ふ

半生を離郷の苦み蕗の薹

辛夷咲くほんとはうそかも知れぬ空

老いらくの浮き身恋の身春炬燵

コロナ禍もようやく正常化へ向かう

長き長きトンネルを抜け蝶の昼

近江大津宮跡　二句

行く春の古鏡のごとく曇る湖

女王の恋は二股青嵐

隆景の三原の城下鯉のぼり

独歩忌の柳井の町のただ白し

梅雨寒し独歩の顔の我に似て
坪庭に届かぬ日差し半夏生

優曇華を見れば見られてゐる心地

朦朧の綺麗な画像青胡桃

山国神社

京北に勤皇一途の田を植うる

広河原松上げの燈籠木が横に倒してあるのに並び寝て

青草に首長竜のごとく臥す

伊賀上野　二句

蠅楽し八角八柱俳聖殿

仇討の五叉路の辻を驟雨過ぐ

長谷寺

くわんおんへ風のあと先夏落葉

膨らみて膨らみてまだ滴らず

恍惚と不安と噴水と胴上げと

河鹿鳴く四方山闇に退りゆき

聖林寺　二句

万緑や息呑むほどの美男仏

夕立後の里の明るき地蔵かな

片蔭もなし化野をひた歩く

愛宕念仏寺

汗臭し羅漢千余も犇めけば

フィレンツェの香水作家ミルコ・ブッフィーニ氏と出会う

ＨＡＩＫＵてふ香水使ふ皺首に

琵琶湖沖島にて　三句

朝凪や艇庫に眠る消防船

羽衣めく漁網を干して昼寝島

さざなみは湖魚のゆりかご夕涼し

矢車草吹けばひかりの輪が回る

沙羅の花落ちて辺りを明るうす

消し炭に魔除けの艶や大文字

関東大震災より百年

螻蛄鳴けり木歩は今も二十六

京終《きょうばて》の残暑の色の竜田揚

去来忌や上枝に風のうらがへり

秋の蚊の生きる性根に血を与ふ

長谷寺

秋風や浄めの塗香消え易く

法隆寺　二句

夕鐘やくづれ築地に柿の影

壮年の太子の角髪秋晴るる

秋ひとり畝傍を愛しと登りけり

二尊院

紅葉且つ散る遺迎の二尊像

「天為」にて朗人忌の句を競作

弟子三千朗人忌の象を撫づ

愛日の焦げ香ばしき力餅

忘るるべきことも記せり古日記

令和六年

曽根崎露天神社

明日がある男と女初天神

梨乃、菜乃に続いて三人目の孫、円花誕生

女系へと我が血は継がれ福寿草

白毫寺

面影の坂白つばき赤つばき

文士気取りで赤貝の鮨に噎す

長谷寺　二句

花冷の千人風呂に一人浮く

今生の舞台迫り出す花の上

さきぞうブランドで身を固めていた赤松健一氏逝去

さみだれに濡れて赤松おしやれな樹

大法院

緑風や叭叭鳥の間を開け放ち

句集　永　畢

あとがき

あとがき

本句集『永』は、『悲引』『遊行』『福』に次ぐ、私の第四句集であり、六十代の俳句日記である。

平成二十六年から令和六年初夏までのほぼ十年間に作った俳句は、「天為」や総合誌などに発表した句、各種句会で出した句の他、未発表分も含めて五千を超えるが、その中より削りに削って三百余句を自選し、更にほぼ一年をかけて推敲した。前書きを多用したのは、句を得た場所や出来事への強いこだわりと、自身の備忘のためである。

句集名は前句集『福』と同様、多くをこだわらず『永』とした。二冊をつなげば私の姓の福永となるが、わかりやすい題名で、気に入っている。

十年前、札幌より京都へ転職・転居（東山三条、白川の畔）して京都での単身赴任生活が始まり、今も継続中である。

この間、長年ご指導を仰いだ有馬朗人先生が急逝された。有馬先生に褒められることを大きな喜びとして作句していた私の俳句人生にとって、この上ない衝撃だった。また、京都において経営を引き受けた老舗のホテルが、百年に一度のパンデミックとも言われるコロナ禍の直撃を受け、厳しい舵取りを余儀なくされたことも全く想定外の出来事だった。

だが一方で、三人の孫に恵まれ、東山を拠点として京都は無論のこと、ポルトガルやスリランカ、奈良、滋賀などへ吟行が出来たことは、まことに有り難い十年でもあった。

還暦を過ぎ父の没年を越えて老境が進むに従い、若い頃には美的にすら捉えていた「死」という観念が、ともすれば、不条理の虚無の翼を広げて覆いかぶさってくる。それを振り払い、振り払い、今生の舞台で愉楽を貪る老残の我が身が哀れで滑稽で、しかし愛しい。

とにもかくにも、句集『永』に漕ぎつけることが出来た。この間、句会や各地への吟行、その他様々にお付き合いいただいたすべての方に厚く御礼申し上げる。この句集を、有馬朗人先生の御霊に捧げ、六十代の十年の区切りとしたい。

令和六年九月

福永法弘

著者略歴

福永法弘（ふくなが　のりひろ）

昭和三十年、山口県美川町（現：岩国市）生まれ
「天為」選者・同人会長
俳人協会理事
日本文藝家協会会員（元)、義太夫協会会員（元）

句集　『悲引』（邑書林)、『遊行』（随筆かごしま社)、『 福 』（角川学芸出版）
俳句とエッセイ　『俳句らぶ』（東京書籍）
旅の俳句とエッセイ　『北海道212俳句の旅』（北海道新聞社)、『鹿児島96俳句の旅』（随筆かごしま社)、『千葉・東京俳句散歩』（市井文学）
評伝　『リラ冷えの彼方へ』（私家版）
小説　『白頭山から来た手紙』（四谷ラウンド）で第3回四谷ラウンド文学賞受賞、『臆病者たちの維新』（四谷ラウンド)、『夢に見れば死もなつかしや』（角川学芸出版）他
共著　『女性俳句の世界』、『俳句の広がり』、『角川俳句大歳時記』（いずれも角川学芸出版）他

連絡先
〒260-0032　千葉市中央区登戸4－9－10

句集　永《えい》

初版発行　2024年10月25日

著　者　福永法弘
発行者　石川一郎
発　行　公益財団法人　角川文化振興財団
〒359-0023　埼玉県所沢市東所沢和田3-31-3
ところざわサクラタウン 角川武蔵野ミュージアム
電話 050-1742-0634
https://www.kadokawa-zaidan.or.jp/
発　売　株式会社　KADOKAWA
〒102-8177　東京都千代田区富士見2-13-3
電話 0570-002-301（ナビダイヤル）
https://www.kadokawa.co.jp/
印刷製本　中央精版印刷株式会社
 ISBN978-4-04-884612-7　C0092